Alana
Seren y Ddawns

Cyffro Llwyfan
Arlene Phillips
addasiad Emily Huws

Fflur Haf

Keisha

Math

Indeg

Criw Stiwdio Stepio

Alana

Meena

Trystan

Cadi

I Abi, sydd bob amser
yn ysbrydoliaeth i mi

Pennod 1

'Gwylia, Alana!' gwaeddodd yr athrawes.

'Awtsh!' sgrechiodd Alana, gan syrthio wrth i'r bêl daro'i phen.

Cyn iddi fedru codi'n ôl ar ei thraed, cipiodd Meena'r bêl i'r tîm arall a'i thaflu i'r Gôl Ymosod i sgorio ac ennill y gêm.

Chwythodd yr athrawes ei chwîb. 'Diwedd y gêm!' galwodd.

Wrth i'w thîm hi gerdded oddi ar y

cwrt, clywai Alana y genethod eraill yn cwyno'n ddig. 'Bai yr Alana 'na oedd o,' ochneidiodd Nanw. 'Bydden ni wedi ennill petai hi wedi trio dal y bêl yn lle syllu ar ddim byd.'

'Gad lonydd iddi,' gorchmynnodd Keisha, capten y tîm. 'Fedrith neb fod yn dda am wneud popeth. Ella nad ydi Alana'n wych am chwarae pêl-rwyd,

ond mae hi'n dawnsio'n well na neb arall yn yr ysgol.'

'Handi iawn mewn gêm bêl-rwyd,' atebodd Nanw'n wawdlyd. 'Beth am iddi roi cynnig ar waltsio rownd y cwrt – 'dan ni'n siŵr o ennill wedyn!'

Gwrandawodd Alana'n ddigalon ar y sgwrs heb ddweud 'run gair. Roedd ganddi gur yn ei phen ar ôl cael ei tharo gan y bêl. Wrth iddi newid o'i dillad ymarfer corff, daeth Meena i eistedd wrth ei hymyl. 'Paid â phoeni,' meddai. 'Dim ond gêm ydi hi, cofia.'

Er bod tîm Meena newydd guro tîm Alana mewn gêm bêl-rwyd, roedd y ddwy eneth yn ffrindiau mawr, ac yn sicr doedden nhw ddim yn bwriadu gadael i rywbeth fel hyn ddod rhyngddyn nhw. Ond, yn sydyn, llanwodd llygaid Alana â dagrau.

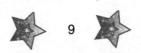

'Hei,' galwodd Keisha, yn dod draw atyn nhw. 'Be sy'n bod? Dwyt ti ddim yn crio oherwydd y gêm, nac wyt? Dydw i, hyd yn oed, ddim yn meddwl ei fod mor bwysig â hynny, a phêl-rwyd ydi fy hoff gêm i!'

'Mi wn i ei fod o'n hurt,' meddai Alana, mewn llais braidd yn grynedig. 'Ond er 'mod i wir yn trio taflu'n syth, a dal y bêl, dwi'n methu bob tro. Ac mae Nanw a'r lleill mor annifyr – dwi'n casáu gwersi ymarfer corff erbyn hyn.'

'Wel, os ydi o'n dy boeni di gymaint â hynny, pam na ddoi di ata i ambell amser cinio i gael tipyn mwy o ymarfer?' awgrymodd Keisha.

'Fyddet ti'n fodlon? Wir?' gofynnodd Alana.

'Siŵr iawn,' atebodd Keisha. 'Pam lai? Rwyt ti'n medru rhedeg yn gyflym, ac

yn andros o heini am dy fod yn dawnsio gymaint. Mae angen i'r dwylo a'r llygaid gydweithio'n well – dyna'r cwbl.'

'Diolch, Keisha, rwyt ti'n ffrind da,' meddai Alana, gan sychu'i llygaid a cheisio gwenu.

Canodd y gloch. Roedd hi'n amser mynd adref. 'Waw!' gwichiodd Meena. 'Rhaid i ni frysio os ydan ni am gyrraedd Stiwdio Stepio mewn pryd. Ti'n gwybod sut hwyl fydd ar Fflur Haf os byddwn ni'n hwyr!'

Yn Stiwdio Stepio roedd dosbarthiadau dawnsio Alana, Meena a Keisha'n cael eu cynnal. Dyna'r rhan orau o'r wythnos o bell ffordd i Alana – dawnsio oedd ei hoff beth yn y byd i gyd. Gwenodd wrth daflu ei dillad ymarfer corff i'r locer. Cipiodd ei bag dawnsio, ac roedd hi eisoes yn sefyll

11

yn ddiamynedd wrth y drws ymhell
cyn i'r lleill orffen newid.

Pennod 2

Safai Fflur Haf yn y stiwdio ddawns yn edrych mor urddasol ag arfer. Gwisgai gardigan laes, lac o wlân cashmir, ac roedd ei gwallt llyfn wedi ei dynnu'n ôl. Pesychodd i glirio'i gwddw. Tawodd pawb ar unwaith, a stopio gwneud eu hymarferion cynhesu.

'Cyn i ni ddechrau'r dosbarth heddiw,' meddai hi mewn llais clir. 'Mae gen i gyhoeddiad pwysig.'

Yn sydyn roedd pawb yn glustiau i

13

gyd, eu llygaid wedi'u hoelio arni.

'Mae'n siŵr eich bod chi i gyd wedi clywed am y sioe gerdd newydd, *Cyffro Llwyfan*, sydd ar daith?' gofynnodd.

Nodiodd amryw o'r criw.

'Dwi wedi'i gweld hi yng Nghanolfan y Mileniwm, Caerdydd!' broliodd Indeg.

'Wel,' meddai Fflur Haf, gan ei hanwybyddu, 'mae hi'n dod yma, i'n tref ni. Ac maen nhw'n rhoi cyfle i

blant berfformio yn y sioe. Plant o Stiwdio Stepio!'

'WAW!' bloeddiodd pawb, a dechrau siarad ar draws ei gilydd. Gwenodd Alana a Meena yn hapus. Dawnsio mewn sioe gerdd go iawn! Dyna beth oedd cyfle anhygoel!

'O!' gwaeddodd Keisha. 'Dwi *wrth fy modd* efo sioeau cerdd.'

'Wyt,' atebodd Alana, 'ac yn gwylio *The Sound of Music* drosodd a throsodd!'

'Unwaith yr wythnos o leiaf!' chwarddodd Keisha. 'Ac mae gen i lyfr mawr o gerddoriaeth sioeau cerdd i'w chwarae ar y piano. Dwi'n gwybod y geiriau i gyd! Ond wnes i 'rioed feddwl y cawn i gyfle i berfformio mewn sioe gerdd go iawn chwaith!'

Gadawodd Fflur Haf i bawb siarad

am ychydig funudau. Yna, curodd ei dwylo eto i ofyn am dawelwch.

'Mi fydda i'n anfon ffurflen i'ch rhieni ei harwyddo i roi caniatâd i chi gymryd rhan,' meddai. 'Bydd raid i ni ymarfer yn galed iawn. Fi fydd yn dysgu'r symudiadau i chi am yr wythnos neu ddwy gyntaf, ond wedyn bydd coreograffydd y sioe yn cymryd drosodd.

Felly, gychwynnwn ni arni'n syth bìn. Pawb i sefyll mewn rhes i ddysgu

cyfuniad stepio-cicio. Mi gychwynnwn ni drwy ymarfer y rhan sy'n cloi'r sioe – honno ydi'r rhan anoddaf.'

Safodd pawb mewn rhes hir, a rhoddodd Fflur Haf fiwsig *Cyffro Llwyfan* ymlaen. 'Rŵan,' meddai, 'dilynwch fi. Step a thwtsh! Step a chic! Llaw dde ar eich ochr a chroesi traed. Troi'n gyflym! Pob symudiad i fod yn berffaith lân. Rhaid i'r gynulleidfa eich gweld yn symud fel un. Pawb i stepio

efo'i gilydd, a phob cic yr un uchder!'

Canolbwyntiodd pawb yn galed. Roedden nhw wedi hen arfer dawnsio ar eu pennau eu hunain neu mewn parau, ond roedd yn fwy anodd ceisio symud efo'i gilydd ar yr union amser iawn.

Bu llawer o sôn am y sioe gerdd yn y papurau ers y perfformiad cyntaf yng Nghaerdydd, ac roedd y theatrau i gyd yn llawn dop bob nos. Stori am yr Ail Ryfel Byd oedd hi, a'r prif gymeriad oedd geneth ifanc efo llais anhygoel yn perfformio i'r milwyr. Roedden nhw newydd gyhoeddi y byddai seren newydd – Mirain Menai – yn perfformio. Hi enillodd y gystadleuaeth *Serennu* ar y teledu, ac roedd hi wedi swyno'r cynulleidfaoedd gyda'i llais godidog.

Edrychodd Fflur Haf i fyny ac i lawr y rhes, yn canmol neu'n beirniadu wrth iddyn nhw symud. 'Cadwa yn y rhes, Keisha!' 'Da, Meena!' 'Cadwa un ben-glin yn syth wrth gicio, Math!' 'Edrycha ar y lleill, Keisha – nid perfformiad unigol ydi hwn – rhaid i bawb symud fel un!'

Gwnaeth Fflur Haf iddyn nhw ailadrodd yr un patrwm dawnsio drosodd a throsodd. Erbyn diwedd y wers roedd pawb yn chwys domen ac wedi ymlâdd.

Wrth i Alana newid yn ôl i'w jîns ar ôl yr ymarfer, gallai weld Keisha yr ochr arall i'r ystafell newid. Edrychai fel petai ar fin crio.

'Be sy'n bod?' gofynnodd Alana yn ddistaw. 'Ro'n i'n meddwl mai ti oedd yn edrych ymlaen fwyaf at y sioe gerdd 'ma.'

'Ie!' sibrydodd Keisha, ei llais yn swnio'n gryg. 'Dyna pam dwi'n crio – ro'n i'n methu'n lân â gwneud dim byd yn iawn yn yr ymarfer heddiw.'

'Dim ond yr ymarfer cyntaf oedd o,' cysurodd Alana hi. 'Mae gynnon ni ddigonedd o amser i weithio ar y coreograffi.'

'Oes,' ochneidiodd Keisha, 'ond roedd pawb arall yn well o lawer na fi. Dwi mor dal. Ro'n i'n freichiau a choesau i gyd!'

'Mi fyddi di'n well ar ôl ymarfer tipyn eto,' mynnodd Alana.

Ond doedd Keisha ddim mor siŵr.

Pennod 3

Bythefnos yn ddiweddarach, roedd
Alana yn Stiwdio Stepio yn gweithio ar
Cyffro Llwyfan. Roedd pawb ar bigau'r
drain gan mai heddiw roedd y
coreograffydd yn dod i'w dysgu. Ac yn
fwy cyffrous fyth, roedd Mirain Menai
– seren y sioe, ac enillydd *Serennu* y
llynedd – yn galw draw hefyd.

    Fu dim rhaid i'r disgyblion aros yn
hir am Mirain Menai. Fel roedden

nhw'n cychwyn ar yr ymarferion ymestyn coesau, agorwyd drws y stiwdio gan ddynes fechan ddi-liw, a golwg bryderus ar ei hwyneb. Yn ei dilyn roedd merch gyfarwydd iawn yr olwg – un roedd pawb wedi ei gweld droeon ar y teledu. Gwisgai Mirain Menai siaced ledr binc, a thop a throwsus gwyn. Yn ei chlustiau roedd tlysau crwn anferth, a gwisgai esgidiau gwyn â sodlau uchel. Roedd ei hwyneb yn blastar o golur gyda mascara trwchus, a'i gwefusau'n binc llachar. Edrychai'n llawer hŷn na deuddeg oed. Safodd yn llonydd yn y drws am ychydig, i wneud yn siŵr

22

bod pawb yn edrych arni. Tawodd pawb ar unwaith, a gwenodd hithau'n gynnil. Yna fflownsiodd at y gadair agosaf, ochneidio a gollwng ei hun arni. 'Dwi angen diod o Coke,' cyhoeddodd.

'Wrth gwrs, Mirain fach,' meddai'r ddynes fach bryderus, a sgrialu o'r ystafell.

Gan eu bod yn hoelio'u sylw ar y ddrama fach hon, doedd y criw ddim wedi sylwi bod rhywun arall hefyd wedi dod i mewn i'r ystafell. Curodd Fflur Haf ei dwylo i gael eu sylw a throdd Alana i edrych. Yno, wrth ochr Fflur Haf, roedd gwraig fach denau, eiddil yr olwg. Doedd Alana erioed wedi gweld dynes mor fechan. Roedd ei gwasg yn gul, ei dwylo'n fain gyda bysedd hir, a'i gwallt cwta wedi'i

liwio'n fflamgoch.

'Dyma Miss Natasha Volkov, coreograffydd *Cyffro Llwyfan*,' cyhoeddodd Fflur Haf. Nodiodd Miss Volkov, heb wenu o gwbl.

'Tasa hi'n mynd yn rhy agos at ffan drydan, mi gâi hi ei chwythu i ebargofiant!' sibrydodd Keisha wrth Alana.

'A dyma Mirain Menai – seren *Cyffro Llwyfan*,' ychwanegodd Fflur Haf, gan wenu ac amneidio ar Mirain i ddod ati. 'Rhowch groeso iddi a gwneud iddi deimlo'n gartrefol, os gwelwch yn dda.'

'Haia, pawb!' meddai Mirain. 'Does dim rhaid i chi deimlo'n nerfus! Dwi'n ddim gwahanol i chi i gyd! Wir!'

Edrychodd Meena ac Alana ar ei gilydd, yn gwneud eu gorau i beidio

chwerthin. Oedd hi o ddifri?

'Rŵan, pawb i'w le gyfer dawns yr act gyntaf, os gwelwch yn dda!' galwodd Miss Volkov.

Neidiodd pawb i'w llefydd ar unwaith. Pawb ond Indeg – doedd hi ddim fel petai wedi clywed. Rhythai ar Mirain, gan wenu'n wirion a gwneud ei gorau i ddal ei llygaid, ond heb lwyddo.

Indeg oedd yr eneth ddeliaf a mwyaf cyfoethog yn Stiwdio Stepio – ond hi hefyd oedd y fwyaf annymunol. Roedd hi'n genfigennus o Alana am ei bod hi'n dawnsio mor dda. Ond roedd yn amlwg fod Mirain wedi gwneud argraff fawr arni.

Gwaeddodd llais chwyrn drwy'r stiwdio gan wneud i bawb neidio. 'Ti, draw yn fan'na wrth y ffenest!'

galwodd Miss Volkov. 'Wyt ti'n bwriadu ymuno â'r ymarfer yma?'

Gwridodd Indeg at ei chlustiau a rhedeg i'w lle ar unwaith.

Buan iawn y sylweddolodd y disgyblion fod Miss Volkov yn rhywun i'w pharchu, er ei bod hi mor fach. Atseiniai ei llais ar draws yr ystafell, gan feirniadu'r naill ddisgybl ar ôl y llall. Ac roedd Keisha druan yn teimlo blas ei thafod yn waeth na neb.

'Na, na – cod dy freichiau'n uwch!' gwaeddodd Miss Volkov. 'Dwyt ti ddim yn cadw amser wrth gicio dy goesau diog!'

Cafodd Alana gipolwg ar Keisha wrth ddawnsio, a gweld bod llygaid ei ffrind yn llawn dagrau. Yn sydyn, teimlai Alana ei hwyneb yn poethi. Roedd hi'n flin wrth Miss Volkov am

fod yn gas efo'i ffrind. Ceisiodd wenu'n
gefnogol ar Keisha, ond roedd Keisha
fel petai hi yn ei byd bach ei hun wrth
wneud ei gorau glas i gydsymud
mewn llinell syth efo'r lleill. Bob tro
roedd Miss Volkov yn dweud y drefn
wrthi, roedd pethau'n mynd o ddrwg i
waeth. Erbyn hyn roedd hi hyd yn oed
yn symud ei breichiau'n anghywir.

Ar ddiwedd y wers, rhedodd Keisha

allan a chau ei hun yn y cwpwrdd offer llwyfan. Aeth Alana ar ei hôl a churo'r drws. Y cyfan glywai hi oedd sŵn crio distaw o'r tu mewn. Gwthiodd y drws ar agor a gweld Keisha'n eistedd ar bentwr o fwâu plu, y dagrau'n llifo i lawr ei hwyneb. Aeth Alana i mewn ati a gafael amdani.

Ddywedodd 'run o'r ddwy air am sbel, yna sibrydodd Keisha rywbeth drwy'i dagrau.

'Be ddwedaist ti?' gofynnodd Alana. 'Wnaiff Miss Volkov ddim gadael i mi fod yn y sioe os na fydda i'n dawnsio'n well,' ochneidiodd.

Gwasgodd Alana ei braich. 'Gwnaiff, siŵr iawn!' meddai, gan geisio swnio'n hyderus. Ond ofnai yn ei chalon fod Keisha'n iawn. Doedd Miss Volkov ddim yn edrych fel y math o berson

fyddai'n rhoi rhan i neb yn ei sioe os nad oedden nhw'n gwneud eu gwaith yn hollol berffaith.

Torrwyd ar draws eu sgwrs gan lais Indeg o'r ochr arall i'r drws.

'Dwi'n meddwl dy fod ti'n canu'n *wych*!' meddai hi.

'O, diolch,' meddai llais Mirain yn ddidaro.

'Na, wir!' mynnodd Indeg. 'Fues i'n dy wylio di bob cam ar *Serennu*. Ro'n i'n gwybod o'r dechrau mai ti fyddai'n ennill.'

29

'A finnau hefyd,' atebodd Mirain, fel petai'n cynhesu tipyn wrth wrando ar Indeg yn ei chanmol.

Y tu mewn i'r cwpwrdd, gwenodd Keisha yn grynedig braidd ar Alana. Roedd Indeg wastad yn mynnu mai hen raglenni hurt oedd cyfresi fel *Serennu* – ond yn amlwg roedd hithau'n eu gwylio hefyd!

'Pwy oedd y ddynes 'na ddaeth i mewn efo ti?' holodd Indeg.
'Honna?' atebodd Mirain yn sbeitlyd. 'O, Dilys Dwp ydi hi. Mae fy asiant yn ei chyflogi i 'ngyrru o gwmpas y lle, a nôl pethau i mi a ballu.'

'Waw,' meddai Indeg. 'Dyna braf cael rhywun i wneud popeth drosot ti.' Ciliodd lleisiau'r merched wrth iddyn nhw gerdded i gyfeiriad yr ystafell loceri. 'Dwi'n teimlo piti dros Dilys

druan,' sibrydodd Keisha, 'yn gorfod dioddef Mirain drwy'r adeg.'

'A finna!' chwarddodd Alana. 'Ond ty'd 'laen. Gad i ni fynd i newid a mynd o'ma.'

Roedd yn anodd codi ar eu traed mewn lle mor fach, ond gwasgodd y ddwy allan o'r cwpwrdd. Pwy oedd yn digwydd mynd heibio yr eiliad honno ond Fflur Haf. Cododd ei haeliau wrth eu gweld, ond ddywedodd hi 'run gair.

Pennod 4

Wrth i'r wythnosau wibio heibio, roedd Alana, Keisha a Meena'n treulio'u hamser hamdden bron i gyd yn ymarfer ar gyfer y sioe – naill ai yn Stiwdio Stepio neu gartref ar eu pennau eu hunain. Yn y cyfamser, roedd Keisha'n helpu Alana i weithio ar ei sgiliau pêl-rwyd bob amser cinio. Bellach, doedd hi ddim yn casáu gwersi ymarfer corff gan ei bod yn llwyddo i ddal y bêl ac yn sgorio'n well.

Ond, yn anffodus, doedd ymarferion Keisha efo Miss Volkov ddim yn mynd yn dda. 'Wn i ddim be i wneud,' cwynodd wrth Alana. Roedden nhw'n cael hoe fach ar ganol ymarfer pêl-rwyd ac yn pwyso yn erbyn wal maes chwarae'r ysgol. 'Ddoe, mi ddwedodd Fflur Haf na fydd Miss Volkov yn gadael i mi fod yn y sioe os na fydda i'n gwella. Dydi o ddim yn deg. Dwi'n gwneud fy ngorau glas. Wir yr. Mi fydd Dad yn siomedig ofnadwy os na cha i fy newis i berfformio.'

'O, dwi'n siŵr y bydd o'n deall yn iawn,' meddai Alana. 'Mi fydd o'n gwybod dy fod ti wedi gwneud dy orau.'

'Dydi gwneud fy ngorau ddim yn ddigon da iddo fo,' ochneidiodd Keisha. 'Mae o'n disgwyl cymaint gen i

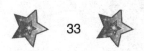

– yn holi byth a hefyd sut hwyl dwi'n gael efo pob dim. Fel petai'n rhaid mesur popeth. "Sut farciau gest ti yn yr ysgol? Sawl gôl sgoriaist ti yn y gêm? Pryd wyt ti am gael clyweliad am ran ddawnsio broffesiynol?" Dydi o byth yn tewi. Ac os nad ydw i'n rhoi'r ateb mae o eisio, dydi o ddim yn dweud gair, jest edrych yn siomedig – ac mae hynny'n waeth na dim.'

'Fedra i ddim dychmygu peth felly,' atebodd Alana yn llawn cydymdeimlad. 'Dydi 'nhad i ddim o gwmpas o gwbl, a dydi hynny ddim yn beth braf. Ond ella bod cael tad sy wastad yn gwthio rhywun yn waeth fyth. Dydi Mam byth yn disgwyl dim byd gen i, cyn belled â 'mod i'n gwarchod fy chwaer fach pan fydd hi'n adolygu. Mae hi'n paratoi ar gyfer arholiadau, ond dim ond gyda'r nos mae hi'n medru astudio am ei bod hi'n gorfod gweithio yn ystod y dydd.'

'Teuluoedd, hy?'ochneidiodd Keisha. 'Mi faswn i'n hoffi i 'nheulu i fusnesu llai, a chditha eisio iddyn nhw ddangos mwy o ddiddordeb!'

Nodiodd Alana. 'Beth bynnag,' meddai, 'dydi Mirain ddim yn gwneud yn rhy dda yn yr ymarferion chwaith.'

35

Roedd hynny'n wir. Yn sicr roedd gan Mirain fôr o lais, ond roedd hi'n methu gwneud y stepiau'n iawn. Doedd hi ddim wedi cael hyfforddiant cadarn Stiwdio Stepio. Ond yn waeth na dim, doedd hi ddim yn fodlon gwrando ar feirniadaeth.

Byddai Miss Volkov yn dweud wrthi, 'Na, Mirain. Tro dy gluniau fel hyn!'

'Dyna o'n i'n 'neud!' gwaeddai Mirain gan fflownsio o'r ystafell.

Fyddai Miss Volkov byth yn dweud 'run gair – dim ond ei gwylio a golwg llym yn ei llygaid.

Ond mae Mirain yn seren, meddyliodd Alana. Chaiff hi mo'i thaflu allan o'r sioe. Ond ella fod Keisha'n iawn yn meddwl y gallai hynny ddigwydd iddi hi. 'Swn i'n hoffi gallu ei helpu – yn enwedig gan fod

Keisha'n gymaint o help efo'r ymarfer pêl-rwyd.

Ochneidiodd Alana. Bydd raid i mi ddal ati i drio helpu Keisha, a gobeithio y bydd hi'n gwella'n ddigon buan i gael bod yn y sioe, meddai wrthi'i hun.

Y noson honno, wrth i Alana gerdded adref heibio *Ffasiwn Steil*, Siop Wisgoedd Madam Sera, roedd y golau yn y ffenest fel petai'n ei denu hi'n nes. Heb feddwl yn iawn beth roedd hi'n ei wneud, cerddodd at y drws a'i wthio ar agor.

Pennod 5

Roedd Alana'n gyfarwydd iawn â'r arogl yn y siop – cymysgedd o golur llwyfan, lledr a phersawr Madam Sera. Am funud meddyliodd fod y lle'n wag – yna neidiodd mewn braw wrth i rêl ddillad gael ei gwthio i'r naill ochr. Dawnsiodd Madam Sera i'r golwg, ei breichiau'n chwifio uwch ei phen. *'Goleuadau Broadwaaaay!'* canodd yn llawen.

Sylwodd hi ddim ar Alana.

Pesychodd Alan yn dawel, ond canai Madam Sera yn rhy uchel i'w chlywed. *'Yn sgleinio i miiiii!'* gwaeddodd, gan droelli rownd a rownd.

'Madam Sera!' galwodd Alana. 'Madam SERA!'

Tawodd Madam Sera yn sydyn a sefyll yn ei hunfan. 'Alana, 'mechan i!' gwaeddodd yn falch. 'Dwyt ti ddim wedi galw draw ers wythnosau. Ro'n i'n meddwl dy fod ti wedi anghofio amdana i!' Cusanodd Alana'n frwd ar ei dwy foch. 'Ty'd i eistedd i lawr, 'mach i. Mi ddo i â diod i ti.'

Tra oedd Madam Sera yn nôl diod, cododd Alana un o'r gwisgoedd oedd wedi disgyn oddi ar y rêl wrth i Madam Sera ganu a dawnsio. Yna eisteddodd i lawr ar gadair freichiau flodeuog a syllu o'i chwmpas. Roedd hi wastad wrth ei bodd yn syllu ar y rhesi o ddilladau ar gyfer pob math o ddawnsio, y silffoedd llawn esgidiau, secwins a bwâu plu. Tybed, meddyliodd, fedrith Madam Sera ddweud wrtha i sut i helpu Keisha i ddawnsio'n well? Wedi'r cwbl, mae hi wedi fy helpu i sawl tro o'r blaen.

Daeth Madam Sera yn ei hôl yn cario gwydraid o lemonêd i Alana, ac eisteddodd i lawr gyferbyn â hi. 'Felly, 'mach i,' meddai. 'Oes 'na rywbeth yn dy boeni di?'

'Mae'n ddrwg gen i, Madam Sera,' ymddiheurodd Alana. 'Mae'n rhaid eich bod chi'n meddwl 'mod i ond yn galw i'ch gweld pan mae gen i broblem. Ond wir, dwi wrth fy modd yn dod yma i sgwrsio efo chi. A dwi wedi dotio at eich siop chi hefyd.'

'Ond dyna pam dwi yma,' atebodd Madam Sera. 'I wrando. Mae 'na wastad groeso i ti rannu dy broblemau.'

'A dweud y gwir,' ochneidiodd Alana, 'poeni am fy ffrind, Keisha, ydw i.' Aeth ymlaen i egluro pa mor hoff oedd Keisha o sioeau cerdd, a'i bod yn ysu am gyfle i fod yn *Cyffro Llwyfan*, ond ei bod hi'n cael problem wrth ddawnsio efo pawb arall.

Gwrandawodd Madam Sera'n astud. Yna caeodd ei llygaid a meddwl . . . am amser hir. Cododd yn sydyn, ac i ffwrdd â hi i gefn y siop. 'Mae gen i wisg i ti ei thrio amdanat!' galwodd. Daeth yn ôl yn cario gwasgod a siaced wedi'u gorchuddio â secwins aur, leotard lliw aur a theits sgleiniog. Roedd y cyfan mor ddisglair fel mai prin y gallai Alana edrych arnyn nhw. Gosododd Madam Sera y cyfan ar lin Alana. 'Dos i wisgo'r rhain,' gorchmynnodd.

Diflannodd Alana i'r ystafell newid, lle roedd drych mawr. Pam roedd Madam Sera mor awyddus iddi wisgo'r dillad? Sut gallen nhw ateb problemau Keisha? Doedd ganddi ddim syniad. Ond roedd Madam Sera'n un dda am helpu, a fyddai Alana byth bythoedd wedi mentro dadlau efo hi.

Ymhen ychydig funudau, roedd hi'n syllu arni'i hun yn y drych hir, henffasiwn yng nghanol

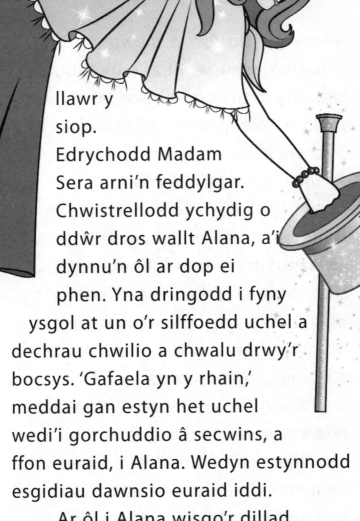

llawr y siop.
Edrychodd Madam Sera arni'n feddylgar. Chwistrellodd ychydig o ddŵr dros wallt Alana, a'i dynnu'n ôl ar dop ei phen. Yna dringodd i fyny ysgol at un o'r silffoedd uchel a dechrau chwilio a chwalu drwy'r bocsys. 'Gafaela yn y rhain,' meddai gan estyn het uchel wedi'i gorchuddio â secwins, a ffon euraid, i Alana. Wedyn estynnodd esgidiau dawnsio euraid iddi.

Ar ôl i Alana wisgo'r dillad, gwenodd Madam Sera arni. 'Rŵan,' meddai, 'gad i mi weld un o ddawnsfeydd *Cyffro Llwyfan*.'

Aeth Alana i sefyll ar ganol llawr y siop. Dychmygodd ei bod yn clywed y miwsig yn ei phen, a dechreuodd ar y patrwm dawnsio-cicio o'r olygfa olaf. Ar unwaith bron, teimlodd ei hun yn chwyrlïo a'r llawr fel petai'n diflannu oddi tani. Caeodd ei llygaid. Clywai Madam Sera'n galw fel petai o bell, bell i ffwrdd. 'Cofia, 'mechan i, fydd dim yn haws na dysgu'r ddawns, ac ar ôl i ti ddysgu digon, fe ddoi di adre ar d'union. Doi, fe ddoi di adre!'

Daliodd Alana ati i ddawnsio, er ei bod yn teimlo fel petai gofod gwag o dan ei thraed. Ciliodd llais Madam Sera yn bellach ac yn bellach, ac yn ei le daeth miwsig. Roedd yn swnio'n gyfarwydd, ond wyddai hi ddim yn iawn beth oedd o. Gallai deimlo'r llawr

pren o dan ei thraed unwaith eto, ond synhwyrai nad oedd hi bellach yn siop Madam Sera.

Pan agorodd ei llygaid, roedd hi mewn ystafell wahanol. Gwyddai'n syth bìn mai ystafell wisgo mewn theatr oedd hi, efo rhesi o ddrychau a goleuadau llachar o'u cwmpas. Gwelai Alana ei llun yn cael ei adlewyrchu drosodd a throsodd, a'r secwins aur yn disgleirio. Roedd yno reiliau dillad yn llawn o bob math o wisgoedd – fel y rhai yn siop Madam Sera. Ar hyd un wal roedd bwrdd gwisgo hir yn llawn colur, bagiau, cardiau a thaclau lwc dda.

Daliodd Alana ei gwynt wrth edrych i fyny. Ar res o fachau yng nghefn yr ystafell roedd rhyw ugain set o wasgodau aur a siacedi, yr un fath yn

union â'i rhai hi. Ar silff uwch eu pen roedd pentyrrau o hetiau uchel a ffyn euraid.

Wrth iddi syllu o'i chwmpas a cheisio gwneud synnwyr o'r olygfa, clywodd sŵn tawel y tu ôl iddi. Trodd a gweld geneth tua'r un oed â hi'n eistedd ar gadair yn y gornel, bron o'r golwg dan y pentwr gwisgoedd. Roedd hi'n gwneud sŵn rhyfedd yn ei gwddw, a sylweddolodd Alana ei bod yn crio.

Pennod 6

'Be sy'n bod?' holodd Alana, gan symud y gwisgoedd i'r naill ochr a gadael ychydig o olau i mewn i'r gornel dywyll. Neidiodd yr eneth mewn braw. Roedd ymylon ei llygaid yn goch, fel petai hi wedi bod yn crio am amser hir.

'*Popeth!*' crawciodd yn ddramatig. 'Mae gen i larynjeitus.' Edrychodd ar Alana fel petai'n disgwyl iddi

ddweud rhywbeth.

'Ym, mae gen ti laryn-be?' gofynnodd Alana.

'Jeitus,' atebodd yr eneth yn ddiamynedd. 'Dwi wedi colli fy llais a fedra i ddim perfformio heno! Ac mae'r ferch sydd i fod i gymryd fy lle i yn San Ffransisco, ac yn methu hedfan yn ôl oherwydd bod y maes awyr dan niwl trwchus. Does dim gobaith iddi gyrraedd tan fory. Ac mae'n amhosib cael rhywun arall fy oed i i berfformio ar y funud olaf. Mae'r coreograffydd *o'i go'n las* efo fi, er nad fy mai i ydi o.'

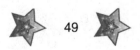

'Mae hynna'n annheg iawn,' meddai Alana yn llawn cydymdeimlad. 'Pa sioe ydi hi?'

'*Bright Lights on Broadway*,

siŵr iawn!' atebodd yr eneth yn gryg.

'Waw!' meddai Alana yn llawn cyffro. 'Welais i honna rai blynyddoedd yn ôl, pan oedd hi ar daith.'

Edrychodd yr eneth ar Alana fel petai hi'n honco bost. 'Sioe newydd sbon ydi *Bright Lights on Broadway*,' meddai. 'Heno mae'r perfformiad agoriadol.'

'Ie, siŵr,' meddai Alana yn ddryslyd. 'O . . . mae'n ddrwg gen i. Rhaid 'mod i'n meddwl am rywbeth arall.'

Meddyliodd yn gyflym. Ble roedd hi? Swniai'r eneth fel Americanes – ac os mai hon oedd noson agoriadol y sioe, yna mae'n rhaid ei bod hi yn Efrog Newydd ac ar Broadway ei hun, sef cartref y theatr gerdd!

Mae'n rhaid 'mod i wedi teithio'n ôl mewn amser, meddyliodd, os mai

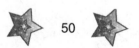

heno ydi noson gyntaf y sioe. Pa
flwyddyn ydi hi, tybed? Doedd hi ddim
eisiau gofyn y cwestiwn hwnnw rhag
ofn i'r eneth feddwl ei bod hi'n hurt
bost. Llonnodd Alana drwyddi wrth
weld papur newydd ar y bwrdd
gerllaw. Aeth draw ato'n ddidaro ac
edrych ar y dyddiad. 7 Mehefin, 1986.
Gwnaeth Alana ei gorau glas i beidio â

chynhyrfu, ond roedd yn deimlad od iawn bod yn y lle yma – a hynny cyn iddi gael ei geni, hyd yn oed!

'Be sy'n bod?' gofynnodd yr eneth. 'Mae golwg wedi dychryn arnat ti!'

'Dim byd o gwbl,' atebodd Alana, gan geisio swnio'n ddifater.

'Pwy wyt ti beth bynnag?' holodd yr eneth. Syllodd ar Alana o'i phen i'w sawdl, gan sylwi ar ei gwasgod aur a'i het uchel. 'Pam wyt ti'n gwisgo'r un dillad â ni? Dwyt ti ddim i fod yma. Hei! Wyt ti wedi dod i mewn oddi ar y stryd a gwthio dy ffordd i mewn yma?'

'N . . . addo,' atebodd Alana'n ansicr, gan geisio meddwl sut i esbonio. 'Ym, ti'n gweld, mae gen i ffrind, Keisha, yn fy ysgol ddawnsio i . . .' Oedodd, gan geisio chwarae am amser.

'Ysgol ddawnsio?' torrodd yr eneth

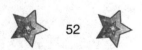

ar ei thraws. 'Rwyt ti'n mynd i ysgol ddawnsio?'

'Ym . . . ydw,' meddai Alana.

'Wyt ti wedi gwneud rhywfaint o waith theatr gerdd?'

'Wel, a dweud y gwir,' atebodd Alana, 'dwi'n ymarfer ar gyfer sioe ar hyn o bryd. Ond dwi ddim wedi perfformio mewn sioe gerdd o'r blaen, a dwi erioed wedi canu – heblaw yn y gawod.'

'Dim ots,' meddai'r eneth yn llawn cyffro. Roedd hi'n amlwg wedi anghofio bod Alana yno heb ganiatâd. 'Be ydi d'enw di beth bynnag?'

'Alana.'

'Courtney ydw i,' meddai'r eneth. 'Ty'd efo fi. Awn ni i weld Fabio, y coreograffydd.' Cydiodd ym mhenelin Alana a'i llusgo allan drwy'r drws, ar

hyd y coridor, drwy ystafelloedd cefn y theatr, ac allan i ganol y llwyfan lle roedd criw o ddawnswyr wrthi'n ymarfer. Stopiodd Alana yn stond, yn teimlo'n ofnadwy o swil.

Dyn ifanc tal, hynod o olygus, efo llygaid glas oedd Fabio – ond roedd golwg reit flin arno. Edrychodd ar y ddwy a chodi'i law i stopio'r dawnswyr.

'Be sy'n bod, Courtney?' holodd yn biwis. 'Pwy ydi hon? Pam mae hi yn fy theatr i?'

Wrth glywed ei lais pigog, teimlai

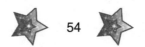

54

Alana yn fwy nerfus fyth. O! Madam Sera, be dach chi wedi'i wneud i mi'r tro yma? meddyliodd.

'Dyma Alana,' meddai Courtney mewn llais cryg. 'Mae'n bosib y gallai hi berfformio yn fy lle i heno.'

Brasgamodd Fabio ar draws y llwyfan. Safodd o flaen Alana gan rythu arni â'i lygaid glas. 'Pwy wyt ti?' holodd yn awdurdodol. 'Be sy'n gwneud i ti feddwl y byddet ti'n medru cymryd rhan yn fy sioe i?'

'Wn i ddim . . .' meddai Alana'n ansicr, ond torrodd Courtney ar ei thraws.

'Mae hi'n ddisgybl mewn ysgol ddawnsio. Rydan ni'n dwy tua'r un oed. Mae ganddi ddillad sy'n ei ffitio. Mae'n werth rhoi cynnig iddi, siawns?'

'Ar gyfer y rhan yma, mae'n rhaid i ti
fedru canu yn ogystal â dawnsio,'
meddai Fabio wrth Alana. 'Wyt ti'n
canu?'

'Nac ydw . . . ddim wir,' atebodd
Alana.

Trodd Fabio'n ôl at Courtney. 'Wel,
mae hynna'n help mawr,' meddai'n
goeglyd. 'I ddechrau, rwyt ti'n llwyddo
i golli dy lais ar ddiwrnod y perfform-
iad agoriadol. Wedyn rwyt ti'n dod â
geneth hollol ddieithr ata i, a honno'n
methu canu.'

'Ond *mae* hi'n dawnsio,' mynnodd
Courtney.

'Gad i mi dy weld di'n dawnsio,'
gorchmynnodd Fabio. 'Miwsig!'
galwodd.

Dyna pryd y sylwodd Alana fod yno
fand cyfan yn barod i berfformio, a

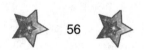

56

chlywodd fiwsig golygfa olaf *Bright Lights on Broadway* yn seinio o'i chwmpas. Yn betrus, dechreuodd Alana ddawnsio. Er mawr syndod iddi, roedd ei thraed yn gwbl gyfarwydd â'r stepiau – er nad oedd hi erioed wedi eu dawnsio o'r blaen. Cafodd ei hysgubo ymlaen gan y miwsig, ac anghofiodd yn llwyr fod Fabio a gweddill y criw yn dilyn pob symudiad

â diddordeb mawr.

'Hmm, ddim yn ddrwg,' meddai
Fabio yn gyndyn, ar ôl i'r miwsig
orffen. 'Rŵan, gad i mi glywed sut lais
sy gen ti.'

Gan grynu yn ei sodlau, canodd
Alana ran o un o'r caneuon. Roedd hi'n
gwybod y caneuon i gyd, ond doedd
ei llais hi ddim yn wych.

Cododd Fabio ei law a stopiodd
hithau ganu. 'Wel,' meddai wrthi, 'mi
fydd raid i ni weithio'n galed i dy gael
di'n barod at heno.'

'Mae hi wedi cael y rhan, felly?'
gofynnodd Courtney yn gyffro i gyd.

'Ydi, am un noson, nes bydd y
dirprwy go iawn yn cyrraedd,' atebodd
Fabio. 'Mae gynnon ni chwe awr nes
bydd y llen yn codi. Dwy awr o wersi
lleisiol dwys i ddechrau, wedyn

ymarfer un-i-un efo fi.'

Trodd i wynebu'r dawnswyr eraill. 'Bydd yr ymarfer olaf am bedwar o'r gloch,' meddai. 'Pawb yn ôl yma erbyn hynny. I ffwrdd â chi!'

Pennod 7

Cyn i Alana sylweddoli beth oedd yn digwydd, daeth dynes bryd golau draw a'i harwain i ystafell ymarfer yng nghefn y llwyfan. 'Giselle, yr athrawes canu, ydw i,' eglurodd.

Edrychodd ar Alana o'i phen i'w sawdl, gan wgu ar y dillad ffansi. 'Does dim rhaid i ti wisgo'r rhain,' meddai. 'Dos i newid i dy ddillad dy hun, a dod yn syth yn ôl yma.'

Rhuthrodd Alana i'r ystafell wisgo.

Beth wnâi hi? Doedd ei dillad ei hun ddim ganddi! Roedden nhw ar lawr ystafell wisgo Madam Sera – 3,000 o filltiroedd i ffwrdd, a thros ugain mlynedd yn y dyfodol! Prin ei bod hi'n credu bod hyn yn digwydd. Doedd neb hyd yn oed wedi gofyn iddi oedd hi *eisiau* bod yn rhan o'r sioe!

Roedd Courtney hefyd yn yr ystafell wisgo, yn sgwrsio efo un o'r genethod eraill.

'Be sy'n bod?' gofynnodd pan sgrialodd Alana i mewn.

'Mae Giselle yn dweud bod yn rhaid i mi newid o'r dillad 'ma, ond . . . ym . . . fedra i ddim cael hyd i fy nillad fy hun,' eglurodd Alana.

'Paid â phoeni,' atebodd Courtney. 'Mae'n hawdd iawn colli pethau yng nghanol yr holl lanast 'ma! Mae gen i

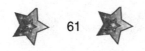

61

jîns a chrys-T sbâr – croeso i ti eu benthyg. Dyma i ti bâr o dreinyrs hefyd. Rydan ni'n dwy tua'r un maint.'

'O! Ti'n seren!' meddai Alana gan ei chofleidio.

'Biti na faswn i,' crawciodd Courtney. 'Ond mi fyddi di'n seren heno!'

Pan gyrhaeddodd Alana yr ystafell ymarfer, roedd Giselle eisoes yn eistedd wrth y piano.

'Cana raddfa G fwyaf i mi,' gorchmynnodd, gan bwyso nodyn ar y piano. Edrychodd yn ddisgwylgar ar Alana.

Syllodd Alana arni'n syn. 'Ym,' meddai, 'be 'dach chi eisio i mi 'i wneud?'

'Canu graddfa G fwyaf,' meddai Giselle eto. 'Fel hyn.' Chwaraeodd y nodau ar y piano.

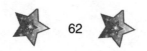

Gwnaeth Alan ei gorau glas i ganu'r hyn roedd hi wedi'i glywed.

'Hmm. Mae 'na dipyn o waith o'n blaenau ni,' meddai Giselle.

Am y ddwy awr nesaf, gweithiodd Alana yn galed, galed. Bu'n gwneud ymarferion anadlu. Canodd y naill raddfa ar ôl y llall. Bu'n ymarfer sut i gynhyrchu'i llais, a sut i anadlu o'i diaffram. Gweithiodd ar y geiriau

hefyd, er mwyn deall ystyr pob cân yn drwyadl. Bu'n canu gymaint nes iddi deimlo ei bod bron â cholli'i llais fel Courtney! Yn ffodus, gan mai hon oedd un o hoff sioeau cerdd Alana, roedd hi'n gwybod y rhan fwyaf o'r geiriau'n barod.

Dwi ddim yn eu gwybod cystal â Keisha, chwaith, meddyliodd.

Ar ôl y wers, cafodd Alana ei harwain i gefn y llwyfan at Fabio. Bu'n rhaid iddi ddawnsio pob un o'r dawnsfeydd, gan ganu ar yr un pryd. Eisteddodd Fabio yn y neuadd heb dynnu'i lygaid oddi arni; doedd dim gwên yn ei lygaid treiddgar, a doedd o ddim yn dweud gair heblaw i'w beirniadu. Yn rhyfedd iawn, er ei fod yn gwneud iddi grynu yn ei sodlau, roedd Alana'n eitha hoff ohono erbyn hyn.

Erbyn yr ymarfer olaf, teimlai Alana'n fwy hyderus. Daeth Courtney i sefyll yn yr ochrau i wylio, a chododd ei bawd yn gefnogol wrth i Alana gymryd ei lle gyda gweddill y criw.

Wrth iddi ganu a dawnsio, teimlai Alana fel petai ei chorff yn symud fel un efo'r lleill. Llamodd ei chalon yn falch wrth iddi ddechrau mwynhau ei hun ac ymlacio yn y rhan.

O'r diwedd, dywedodd Fabio ei bod yn bryd i bawb gael hoe fach. 'Awr yn unig i ginio, pawb!' cyhoeddodd. 'Yna'n ôl i'r theatr, os gwelwch yn dda.'

Gwenodd Courtney ar Alana wrth iddi gerdded oddi ar y llwyfan efo'r lleill. 'Hoffet ti ddod efo Mam a fi i gael bwyd cyn y sioe?' crawciodd.

'O, ym . . . does gen i ddim arian,' atebodd Alana yn chwithig.

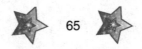

'Paid â phoeni. Fi sy'n talu. Mi wnest ti ffafr enfawr i mi heddiw!'

Roedd mam Courtney yn aros wrth ddrws y llwyfan. Gwenodd yn glên wrth i Courtney egluro pwy oedd Alana. 'Ty'd efo ni,' meddai. 'Mae angen i ti gael llond dy fol o fwyd cyn y perfformiad.'

Cerddodd y tair i lawr y ffordd o'r theatr a throi'r gornel.

'Waw!' ebychodd Alana wrth weld goleuadau llachar Times Square, Efrog Newydd, yn disgleirio o'i chwmpas. Oedd, roedd hi wedi dyfalu'n gywir – roedd hi ar Broadway! Dechreuodd deimlo'n nerfus eto, ond yn hynod gyffrous hefyd.

'Rydw i ar fin perfformio yn noson agoriadol un o'r sioeau cerdd gorau welwyd erioed ar Broadway, prif ddinas theatr gerdd y byd,' sibrydodd.

'Broadway! Mae'r peth yn anhygoel! Mi fyddai Mam wrth ei bodd!'

'Be ddwedaist ti?' holodd mam Courtney.

'O, ym, dim byd. Dim byd o gwbl,' atebodd Alana, yn cochi at ei chlustiau.

Aeth y tair i'r caffi agosaf ac archebodd y ddwy eneth fyrgar anferth efo caws, tomen o sglodion, a sgytlaeth mefus. Ar ôl yr holl waith caled roedd Alana ar lwgu, a doedd dolur gwddw Courtney ddim fel petai wedi effeithio ar ei stumog – na'i thafod chwaith! Siaradai fel melin bupur drwy'r pryd bwyd. Drwy drugaredd, roedd hi'n siarad gymaint fel na chafodd hi na'i mam gyfle i feddwl holi pwy oedd Alana nac o ble roedd hi wedi dod.

'Dwi'n ddeuddeg oed,' meddai Courtney wrth Alana yn ei llais cryg.

Blwyddyn yn hŷn na fi, meddyliodd Alana.

'Dwi wrth fy modd yn sglefr-rolio a neidio ar y trampolîn,' ychwanegodd, 'ond dwi'n rhy brysur i wneud dim ers i

mi gael rhan yn y sioe. Prin mae gen i amser i weld fy ffrindiau chwaith.'

Ond roedd y cyfan yn werth chweil, meddai hi. Roedd geneth arall yn ei dosbarth wedi cynnig am yr un rhan, ac am na chafodd ei dewis roedd hi byth a hefyd yn dweud pethau cas am Courtney wrth ei ffrindiau.

'Ond sdim ots gen i,' meddai Courtney. 'Eiddigeddus ydi hi yn y bôn.'

Gwenodd Alana, nodio a dal ati i fwyta. Does ryfedd fod gan Courtney ddolur gwddw, meddyliodd. Mae hi'n siarad gormod!

Prin y cafodd y ddwy amser i lyncu toesen yr un yn bwdin cyn ei bod yn amser i fynd yn ôl i'r theatr.

Wrth gerdded yn ôl ar hyd y stryd brysur, dechreuodd Alana deimlo'n nerfus eto.

Gwahanodd y genethod wrth ddrws y llwyfan. 'Pob lwc,' meddai Courtney gan gofleidio Alana. 'Diolch yn fawr iawn i ti am wneud hyn drosta i. Mi fydda i'n gwylio o ochr y llwyfan!' Gwenodd Alana yn ansicr.

Diflannodd yr awr nesaf fel petai Alana mewn breuddwyd. Aeth at y genethod eraill yn yr ystafell wisgo a rhoi'r dillad euraid amdani. Dangosodd un o'r genethod hŷn iddi sut i ddefnyddio'r colur arbennig, yna aeth pawb ar y llwyfan i wneud ymarferion cynhesu.

'Mae'r seddau'n dechrau llenwi,' meddai un o'r genethod gan sbecian rhwng y llenni. Teimlodd Alana ei chalon yn curo'n galed. Trueni na allai'r sioe gychwyn y munud hwnnw er mwyn i'r cyfan fod drosodd!

Ond daeth yr amser yn ddigon buan. Safodd Alana ar ochr y llwyfan wrth i'r gerddorfa chwarae'r agorawd. Yna, gan wenu ac edrych yn syth at y gynulleidfa, dawnsiodd ar y llwyfan gan gadw amser yn berffaith gyda gweddill y criw. Canodd y gân agoriadol gan wneud ei gorau glas i gofio'r cyfan roedd hi wedi'i ddysgu yn y gwersi canu.

Erbyn yr egwyl, roedd hi wedi dechrau ymlacio a mwynhau ei hun. 'Rwyt ti'n gwneud yn ardderchog,' meddai Courtney wrth i Alana lowcio potelaid gyfan o ddŵr.

Pan ddaeth y llen i lawr ar yr olygfa olaf, roedd Alana fwy neu lai wedi penderfynu y byddai'n hoffi gyrfa yn y theatr gerdd! Cymeradwyodd y gynulleidfa'n frwd, gan guro dwylo a

bloeddio'n uchel, a galwyd y
perfformwyr yn ôl i'r llwyfan dro ar ôl
tro. Wrth iddi foesymgrymu i dderbyn
y gymeradwyaeth, curai calon Alana
yn gyflymach ac yn gyflymach. 'Hon
ydi noson orau fy mywyd!' meddai
wrthi'i hun.

Ar ôl i'r llen ddisgyn am y tro olaf, daeth Fabio draw ati a'i chusanu ar ei dwy foch. 'Roeddet ti'n seren go iawn heno, Alana,' meddai, yn wên o glust i glust. Teimlai Alana ei phengliniau'n gwegian – anaml iawn roedd Fabio'n gwenu! Rhoddodd amlen frown yn ei

llaw, ond cyn i Alana gael cyfle i ddiolch iddo, na gofyn beth oedd ynddi, clywodd eiriau cyfarwydd fel petaen nhw'n dod o bell, bell i ffwrdd:

'Cofia, ar ôl i ti ddysgu digon, fe ddoi di adre ar d'union! Doi, fe ddoi di adre!'

Diflannodd y llwyfan. Tawodd lleisiau'r gynulleidfa. Caeodd Alana ei llygaid wrth i lais Madam Sera ddod yn nes ac yn nes . . . Agorodd ei llygaid a sylweddoli ei bod hi'n ôl yn siop Ffasiwn Steil. Edrychodd ar y cloc mawr i wneud yn siŵr. Ac, fel arfer, roedd amser wedi aros yn llonydd yma ers iddi gychwyn ar ei hantur. Fyddai neb wedi ei cholli o gwbl.

'Dyna noson fwyaf anhygoel fy mywyd, Madam Sera,' meddai Alana. 'Diolch o galon!' Ac aeth i'r ystafell

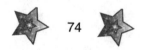

gefn i newid i'w dillad ei hun.

'Ty'd draw i 'ngweld i eto'n fuan, 'mach i,' meddai Madam Sera. Cofleidiodd Alana hi, cyn ffarwelio a rhedeg adref – yn dal yn llawn cyffro'r sioe.

Pennod 8

Y bore wedyn, cerddodd Alana i'r ysgol fel petai hi mewn breuddwyd. Doedd hi ddim yn gallu credu iddi gael y fath antur.

Y drwg ydi, meddyliodd, fedra i yn fy myw weld sut galla i helpu Keisha. Ddylwn i ddim disgwyl i Madam Sera fedru datrys problemau pawb, chwaith. Dydi hynny ddim yn deg.

Pan gerddodd Alana i mewn i'r ystafell ddosbarth, rhedodd Keisha ati.

'Mae Mam yn gofyn hoffet ti ddod i'n tŷ ni ar ôl yr ysgol heddiw?'

'Diolch!' atebodd Alana. 'Mi faswn i wrth fy modd.' Doedd hi erioed wedi bod yng nghartref Keisha. 'Bydd raid i mi ofyn i Mam gynta, ond dwi'n gwybod y bydd hi gartre i warchod Abi heno. Felly, dylai popeth fod yn iawn.'

Ar ôl yr ysgol, teithiodd Alana a Keisha ar y bws gyda'i gilydd, a dod oddi arno mewn rhan o'r dref oedd yn ddieithr iawn i Alana. Roedd y tai yn llawer mwy na'r rhai roedd hi'n arfer eu gweld, pob gardd fel pìn mewn papur, a dim sbwriel ar y palmentydd. Roedd hyd yn oed dail y coed yn edrych yn fwy sgleiniog.

'Dyma ni,' meddai Keisha, gan agor giât un o'r tai. Ceisiodd Alana guddio'i

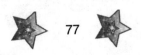

77

syndod wrth weld ffrynt y tŷ, oedd
wedi'i wneud yn gyfan gwbl o wydr.
Trwyddo gallai weld cegin fawr, olau, a
mam Keisha'n eistedd wrth y bwrdd yn
yfed coffi.

Doedd Alana erioed wedi dychmygu
bod teulu Keisha mor gyfoethog.
Roedd y ddwy yn mynd i'r un ysgol –
ac yn wahanol i Indeg, doedd Keisha
erioed wedi cymryd arni bod ei
theulu'n ariannog.

'Dyma Alana, Mam,' meddai Keisha, a
chafodd Alana glamp o sws ar ei dwy
foch.

Eisteddodd y genethod wrth y
bwrdd i yfed potelaid o Coke yr un efo
gwelltyn, ar ôl i fam Keisha dynnu'r
topiau efo agorwr poteli arian.

Yn nes ymlaen, aeth y ddwy i stafell
wely Keisha ac eisteddodd Alana ar fag
ffa pinc.

'Gad i ni gael tipyn o fiwsig,' meddai Keisha. Roedd ganddi ddoc Bose iPod yn ei hystafell, a rhoddodd drac *Bright Lights on Broadway* ymlaen. Gwenodd Alana iddi'i hun – doedd Keisha fawr o wybod ei bod hi newydd berfformio yn y noson agoriadol! Cyn gynted ag y cychwynnodd y gân gyntaf, dechreuodd Keisha ganu.

'Waw, Keisha!' meddai Alana ar ddiwedd y trac. 'Doedd gen i ddim syniad fod gen ti lais mor wych!'

'Does gen i ddim, a dweud y gwir,' atebodd Keisha gan wrido. 'Dwi erioed wedi cael gwersi canu – dwi jest yn mwynhau. Dwi wrthi'n ddi-stop pan dwi gartre, ac yn gyrru fy chwiorydd yn benwan!'

'Mi rown i'r byd yn grwn i fedru canu fel 'na,' atebodd Alana.

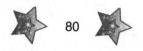

Ond aeth Keisha yn swil i gyd wrth i Alana ei chanmol. Methodd Alana ei pherswadio i ddal ati i ganu, er crefu a chrefu. Felly bu'r ddwy'n sgwrsio ac yn hel straeon am yr ysgol nes i fam Keisha ddod i ddweud wrth Alana ei bod yn bryd iddi fynd â hi adref yn y car.

Pennod 9

Dim ond pythefnos oedd ar ôl tan y noson agoriadol. Wrth i Alana gerdded i mewn i Stiwdio Stepio ar gyfer yr ymarfer, gwyddai'n syth fod rhywbeth o'i le. Roedd Miss Volkov, a'i hwyneb fel taran, yn siarad efo Fflur Haf. Wrth eu hymyl safai Dilys, a golwg wedi dychryn arni, yn gwasgu ei dwylo efo'i gilydd. Doedd dim golwg o Mirain.

'Be sy'n bod?' sibrydodd Alana wrth Cadi, oedd yno'n barod.

'Mirain,' atebodd Cadi'n dawel. 'Yn ôl y sôn, fydd hi ddim yma heddiw. Glywais i Dilys yn rhoi neges oddi wrthi i Miss Volkov – dydi hi ddim yn mynd i drafferthu dod i ragor o ymarferion am ei bod hi'n ddigon da yn barod.'

'Beth?!' ebychodd Alana. 'Ond dydi hi ddim yn wych am ddawnsio!' meddai'n ddistaw. 'Mae Miss Volkov byth a hefyd yn cywiro'i stepiau, ond dydi hi ddim yn gwrando.'

'Mae'n anodd i Mirain, cofia,' ochneidiodd Cadi. 'Rydan ni i gyd wedi bod yn dawnsio efo'n gilydd ers tro byd, ac ella ei bod hi'n teimlo allan ohoni braidd. Ella ei bod hi'n rhy nerfus i ddod i'r ymarferion.'

Gwenodd Alana. Roedd Cadi wastad yn glên, ac yn gweld y gorau ym

83

mhawb, ond weithiau doedd hi ddim yn graff iawn!

Chawson nhw ddim cyfle i drafod ymhellach gan i Miss Volkov guro'i dwylo i gychwyn yr ymarfer. Soniodd neb 'run gair am Mirain.

O gil ei llygad, gwelai Alana nad oedd Keisha'n llwyddo i gadw amser

efo rhythmau a symudiadau cymhleth y dawnswyr eraill. Ond ddywedodd Miss Volkov 'run gair chwaith – dim ond edrych i'w chyfeiriad bob hyn a hyn.

Ella ei bod hi'n mynd i adael i Keisha berfformio wedi'r cyfan, meddyliodd Alana wrthi'i hun yn falch.

Ond y munud roedd yr ymarfer ar ben, galwodd Miss Volkov, 'Keisha, ty'd draw i swyddfa Fflur Haf, os gweli di'n dda!'

Suddodd calon Alana, ac eisteddodd yn yr ystafell newid i aros am Keisha. Daeth allan o'r swyddfa ymhen rhyw bum munud, a'r dagrau'n llifo i lawr ei hwyneb. Rhedodd Alana ati, gan anwybyddu edrychiad busneslyd y disgyblion eraill. Doedd dim rhaid iddi holi beth oedd wedi digwydd – yn amlwg roedd Keisha wedi cael gwybod nad oedd hi'n cael cymryd rhan yn y sioe.

'Dydi o ddim yn de-e-e-g,' llefodd Keisha ar ysgwydd Alana. 'Ro'n i eisio bod yn y sioe gerdd yma'n fwy na dim byd arall yn y by-y-y-yd!'

Erbyn i Alana lwyddo i gysuro Keisha a'i pherswadio i newid i'w dillad bob dydd, roedd pawb arall wedi mynd adref. Fel roedden nhw ar fin gadael yr ystafelloedd newid, clywsant Miss Volkov yn siarad y tu allan i'r drws.

'Fedra i ddim gweithio efo Mirain,' meddai hi. 'Welais i erioed berfformwraig wedi'i difetha gymaint yn fy mywyd. Mae hi'n gwbl amhroffesiynol, yn ffroenuchel, ac yn ofnadwy o haerllug.'

Syllodd Alana a Keisha ar ei gilydd,

eu llygaid fel soseri. Fyddai Miss
Volkov byth wedi dweud y fath beth
petai hi'n sylweddoli bod disgyblion
eraill yn clywed pob gair.

Yna clywodd y ddwy lais pryderus
Fflur Haf. 'Dwi'n cytuno efo chi,'
atebodd. 'Ond beth wnawn ni? Dim
ond pythefnos sy 'na tan y sioe, a does
neb arall fedrai gymryd y brif ran.'

Yn sydyn, cafodd Alana syniad
ardderchog. Heb sylweddoli'n iawn
beth roedd hi'n mynd i'w wneud,
rhuthrodd o'r ystafell newid gan roi
braw i Miss Volkov a Fflur Haf. 'Mi wn i
pwy allai fod yn seren newydd!'
gwaeddodd. 'Keisha!'

'Na fedra, dim gobaith!' gwichiodd
Keisha.

Trodd Alana at Keisha. 'Medri, mi
fedri di,' meddai. 'Mae gen ti lais

87

arddurchog, felly paid â dadlau. Cofia
'mod i wedi dy glywed di'n canu! Rwyt
ti'n gwybod pob un gair o bob cân yn
y sioe. Mi fedret ti ddysgu'r patrymau
dawns mewn chwinciad chwannen –
rwyt ti wedi bod yn gwylio Mirain ers
wythnosau. A does dim rhaid i ti boeni
am gydsymud yn berffaith efo pawb
arall, gan mai ti fydd yr unawdydd!'

Trodd at y ddwy athrawes. 'O! Plîs rhowch gyfle iddi hi!' crefodd.

Roedd golwg ansicr iawn ar wyneb Miss Volkov.

'Os gwelwch chi'n dda-a-a!' crefodd Alana eto.

Ochneidiodd Miss Volkov. 'Ty'd yma am glyweliad erbyn wyth o'r gloch bore fory,' meddai wrth Keisha. 'Gawn ni weld sut lais sy gen ti.' Trodd ar ei sawdl a cherdded yn ôl i'r swyddfa. Gwenodd Fflur Haf ar y genethod, cyn dilyn Miss Volkov.

'Dwyt ti ddim yn gall!' hisiodd Keisha ar ôl iddyn nhw fynd. 'Fedra i ddim, siŵr iawn! Dwi erioed wedi cael gwers ganu yn fy mywyd!'

'Ond mi rydw i,' atebodd Alana, gan gofio am y gwersi canu gafodd hi yn Efrog Newydd. 'Ac mi fedra i ddysgu

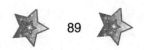

gwahanol dechnegau i ti. Ond bydd raid i ni weithio'n galed drwy'r gyda'r nos. Beth am i ti ffonio dy fam i ofyn gei di ddod draw i'n tŷ ni?'

Roedd mam Keisha'n fodlon, felly dechreuodd y ddwy gerdded i gartref Alana. Wrth iddyn nhw fynd heibio i Siop Wisgoedd Madam Sera, gwenodd Alana iddi'i hun. Diolch, Madam Sera! meddyliodd. Os galla i ddefnyddio'r hyn ddysgais i ar Broadway i baratoi Keisha ar gyfer y rhan yn y sioe, bydd yr antur wedi bod yn werth chweil.

Pennod 10

Pan agorodd Alana ddrws ffrynt ei chartref, roedd ei mam yn aros amdani a golwg flin ar ei hwyneb.

'O'r diwedd!' ebychodd. 'Lle wyt ti wedi bod? Roeddet ti i fod yma oesoedd yn ôl i edrych ar ôl Abi er mwyn i mi gael astudio.'

Ochneidiodd Alana. Roedd hi wedi llwyr anghofio ei bod wedi addo gwarchod ei chwaer fach y noson honno. Rŵan byddai Abi o gwmpas y

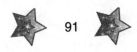
91

lle tra oedd hi'n ceisio rhoi gwers i Keisha.

Aeth y tair ohonyn nhw i fyny i ystafell wely Alana. 'Cofia, rhaid i ti fod yn *berffaith* ddistaw!' meddai Alana'n chwyrn wrth ei chwaer fach. Yna, cafodd syniad a meddalodd ei hwyneb. 'Os byddi di'n hogan *wironeddol* dda, gei di ddod i gefn y llwyfan ar ddiwedd noson gyntaf y sioe.'

'Mi fydda i, wir yr!' addawodd Abi, yn gyffro i gyd.

'Iawn,' meddai Alana gan droi at Keisha. 'Does ond angen i ni baratoi un gân ar gyfer y clyweliad fory. Beth am "Cân y Fuddugoliaeth"?' Gwnaeth Alana i Keisha ei chanu drosodd a throsodd, gan ymarfer y technegau roedd Alana'i hun wedi'u dysgu. Canodd Keisha:

92

'Canu a chanu i gofio pob tad,
Cofio pob brawd a chofio pob mab;
Canu fy ngorau gyda phob pennill
Am i bob brwydr a rhyfel gael eu hennill!'

Cododd Alana ei llaw i'w stopio.

'Iawn,' meddai. 'Cana hynna eto, ond y tro yma cofia anadlu o'r diaffram.'

Eisteddodd Abi'n dawel

ar y gwely yn gwylio pob symudiad.

'Lle yn y byd ddysgaist ti sut i hyfforddi'r llais?' holodd Keisha wrth iddyn nhw gael hoe fach a diod o sudd oren.

'O, mi ges i ambell wers, a dysgu rhywfaint wrth wylio *Serennu*,' atebodd Alana'n ddidaro. 'Beth bynnag, does dim eiliad i'w wastraffu,' ychwanegodd, yn awyddus i droi'r stori.

Bu Keisha ac Alana'n ymarfer drwy gyda'r nos, gan stopio'n unig er mwyn i Alana baratoi brechdanau i'r tair ohonyn nhw. Roedd hi'n eitha hwyr pan ffoniodd tad Keisha i ddweud ei fod ar ei ffordd draw i'w chasglu.

'Fydda i yn Stiwdio Stepio bore fory i dy gefnogi di!' meddai Alana wrth godi llaw.

'Rwyt ti'n ffrind arbennig, Alana,'

94

atebodd Keisha. 'Diolch yn fawr *iawn* i ti am bopeth – hyd yn oed os na cha i fy newis!'

Doedd dim angen i Keisha boeni. Pan ganodd i Miss Volkov y bore wedyn, roedd hi'n gwybod ei bod wedi gwneud argraff dda. 'Bydd raid i ni weithio'n galed,' meddai'r athrawes yn garedig. 'Mi fydda i'n rhoi hyfforddiant un-i-un i ti ar y patrymau dawns unigol, a threfnu i ti gael gwersi llais i wella dy dechneg.'

'Be dach chi'n feddwl? Ydw i wedi cael y rhan?' gofynnodd Keisha.

Gwenodd Miss Volkov, ei hwyneb chwyrn yn cynhesu'n sydyn. 'Wyt, mi rwyt ti. Ac mi fydda i'n ffonio asiant Mirain i roi gwybod na fyddwn ni mo'i hangen hi eto.'

Ond roedd Keisha ar ormod o frys i

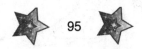

wrando arni, a rhuthrodd allan o'r
ystafell at Alana. 'Dwi 'di cael y rhan!
Do wir!' gwaeddodd, gan gydio yn
Alana a'i throi hi rownd a rownd. 'Mi
fydd Dad *moooor* falch ohona i!'

'Paid â phoeni am dy dad – mi
ddylet ti fod yn falch iawn ohonot dy
hun!' gwenodd Alana.

Cerddodd y ddwy i'r ysgol, gan
chwerthin a siarad yn ddi-baid ar hyd
y ffordd.

Pennod 11

Drwy gydol y dydd, teimlai Alana fel petai hi ar ben y byd. Roedd hi mor falch dros Keisha, a gwellodd pethau eto yn y wers bêl-rwyd wrth iddi sgorio tair gôl, y naill ar ôl y llall. Daeth yr athrawes draw ati'n wên o glust i glust.

'Dwn i ddim be sy wedi digwydd i ti, Alana,' meddai, 'ond mewn amser byr rwyt ti wedi newid o fod yn un o'r chwaraewyr pêl-rwyd mwyaf

anobeithiol yn y dosbarth i fod yn un o'r goreuon.'

Gwridodd Alana. 'I Keisha mae'r diolch,' eglurodd. 'Mae hi wedi bod yn fy nysgu i yn ystod amser cinio.'

'Wel, i bwy bynnag mae'r diolch, rwyt ti wedi gwella'n arw. A dweud y gwir, mi hoffwn petait ti'n cynnig am le yn y tîm.'

Roedd Alana wrth ei bodd. Byddai'n hwyl bod yn nhîm yr ysgol, teithio i gêmau ar benwythnosau, cael ymarferion ychwanegol ar ôl ysgol, ac . . .

Ond cymylodd ei hwyneb yn sydyn. Doedd ganddi ddim gobaith, a hithau'n gorfod gwarchod Abi. Roedd yn ddigon anodd perswadio'i mam i adael iddi fynd i Stiwdio Stepio – heb sôn am chwarae pêl-rwyd hefyd.

'Mae'n ddrwg gen i, Miss,' ochneidiodd yn ddigalon. 'Mi faswn i wrth fy modd, ond mae pethau braidd yn anodd gartre . . .'

Roedd yr athrawes yn gwybod digon am sefyllfa Alana i beidio â holi rhagor. 'Hen dro,' meddai. 'Mi allet ti fod yn dda iawn.'

Ochneidiodd Alana wrth gerdded oddi wrthi. Ond dwi'n cael mynd i ddawnsio, cysurodd ei hun. A dyna ydi'r peth pwysicaf un i mi . . .

Roedd criw y sioe'n ymarfer bob dydd ar ôl yr ysgol erbyn hyn, gan fod y noson fawr mor agos. Y peth cyntaf wnaeth Fflur Haf yn yr ymarfer oedd cyhoeddi y byddai Keisha'n cymryd lle Mirain.

Gwylltiodd Indeg yn gacwn. 'Fedra i ddim credu bod neb yn meddwl y

100

gallet ti o bawb fod yn ddigon da i gymryd y brif ran!' hisiodd ar Keisha yn yr ystafell newid, cyn rhuthro allan fel taran. Roedd Keisha druan wedi cynhyrfu'n lân.

'Paid â gwrando arni,' siarsiodd Alana. 'Roeddet ti'n wych heno. Cofia fod gan Miss Volkov bob ffydd ynddot ti. Dyna sy'n bwysig.'

'Mae Indeg yn flin am ei bod hi eisio bod yn ffrindiau efo rhywun enwog fel Mirain,' ychwanegodd Meena. 'A rŵan chaiff hi mo'r cyfle.'

Gwenodd Keisha yn grynedig. 'Diolch, genod,' meddai. 'Dwi mor falch eich bod chi'n fy nghefnogi i.'

Y noson honno, wrth baratoi i fynd i'w gwely, dechreuodd Alana ganu pytiau o *Bright Lights on Broadway* wrthi'i hun. Er ei bod hi wedi blino'n lân ar ôl diwrnod mor brysur, teimlai'n fodlon hefyd. Roedd ei ffrind Keisha'n mynd i fod yn seren mewn sioe gerdd, a hi oedd wedi ei helpu i wireddu'i breuddwyd. Fyddai hi byth yn anghofio'i hantur anhygoel hi'i hun yn Efrog Newydd chwaith. Meddyliodd am Courtney a'r genethod eraill. Cofiodd am Fabio a'i lygaid glas yn pefrio, a'r wên roddodd o iddi ar ddiwedd y sioe.

Wrth iddi wisgo'i phyjamas, gwelodd Alana rywbeth o dan ei gwely. Plygodd a thynnu amlen frown allan. Wrth gwrs, meddyliodd, yr amlen

roddodd Fabio i mi ar ddiwedd y sioe ydi hi!

Ar ôl cyrraedd adref o siop Madam Sera, roedd hi wedi gwthio'r amlen o dan y gwely rhag i'w mam a'i chwaer ei gweld, ac wedi anghofio'r cyfan amdani. Cydiodd ynddi a'i hagor. Y tu mewn roedd taflen liwgar, yn sglein i gyd, yn hysbysebu noson gyntaf *Bright Lights on Broadway*. Tu mewn roedd darn o bapur a neges wedi'i theipio arno:

Ac ar y cefn, mewn inc du, roedd

HENO, am un noson yn unig,
ALANA MILNE, 11 oed,
sy'n cymryd rhan
dawnswraig rhif 12
yn y sioe.

neges ar ei chyfer hi'n unig.

Darllenodd Alana y neges. Gwridodd at ei chlustiau a'i darllen eto. Gafaelodd yn dynn yn y rhaglen am funud, yna estynnodd yr albwm porffor ac aur roedd Madam Sera wedi'i roi iddi i gadw pethau i gofio

am bob antur. Llithrodd y rhaglen i
mewn i un o'r pocedi pwrpasol. Yna,
gan ddefnyddio pensil arian,
addurnodd y boced â nodau cerdd.

Ar ôl gwneud hynny, tynnodd y
rhaglen allan i ddarllen y neges
unwaith yn rhagor:

I Alana,
seren y ddawns —
diolch yn fawr am
achub y sioe!
Llawer o gariad,
Fabio xxx

Croeso i Fyd
Dawns Arlene

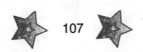

Beth am fod yn Seren Sioe Gerdd?

Dychmyga dy fod ar Broadway, yn union fel Alana. Bydd y symudiadau trawiadol hyn yn dy helpu i roi perfformiad penigamp!

 ## Cic uchel

Cam bach ymlaen a chicio'r goes arall yn uchel. Cadw'r goes flaen a'r cefn yn syth.

Cam ymlaen ar y droed chwith. Codi'r ben-
glin a throi i'r chwith. Breichiau gyda'i
gilydd y tu blaen i dy helpu i droi rownd.

Naid Steil

Cam neu ddau ar wib. Naid gyda'r goes
flaen yn syth allan a phlygu'r llall.
Breichiau'n syth allan!

Ffeithiau Llwyfan Diddorol

Dull bywiog iawn o ddawnsio ydi dull y theatr gerdd, yn llawn campau fel cicio uchel, troi a llamu. Mae rhan y corws yn bwysig iawn i greu drama ar y llwyfan – rhaid iddyn nhw berfformio symudiadau manwl, cymhleth, sy'n grefft anodd ei meistroli.

Yn yr hen neuaddau cerdd, *cabaret,* *vaudeville* ac opera mae gwreiddiau dawnsio yn null y theatr gerdd. Datblygodd sioeau cerdd trwy

ddefnyddio cerddoriaeth fodern a dulliau dawnsio fel swing a roc-a-rôl yn *Grease*, a dawnsio disgo yn *Saturday Night Fever*.

Ymhlith y coreograffwyr mwyaf enwog mae Jerome Robbins, fu'n gyfrifol am greu *West Side Story* a ysbrydolwyd gan grefft dawnsio balé. Cafodd steil dawnsio-jazz onglog Bob Fosse ddylanwad mawr ar fyd y ddawns. Defnyddiai nifer o symudiadau unigol, ac yn aml byddai'n defnyddio offer fel ffon, het neu gadair i greu sioe drawiadol fel a welir yn *Cabaret*.

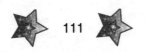

Casglwch holl lyfrau Alana
Seren y Ddawns

Llyfr 1: Samba Syfrdanol

Mae 'na sioe ddawnsio Lladin bwysig ar fin cael ei chynnal yn Stiwdio Stepio. Ond dydi Alana ddim yn wych am ddawnsio'r samba. Ac mae ei mam wedi anghofio gwneud gwisg iddi.

Mae'n gweld yr union wisg mae hi ei hangen yn Ffasiwn Steil, siop wisgoedd Madam Sera. Wedi ei rhoi amdani, caiff ei chwyrlïo mewn amrantiad i Frasil i ddawnsio mewn carnifal anhygoel!

Tybed a fydd hi'n dysgu dawnsio'r samba mewn pryd?

Llyfr 2: America!

Mae Alana a'i ffrind gorau Meena yn ymarfer dawnsio ar gyfer sioe'r ysgol. Ond mae eu ffrindiau'n dweud bod eu dawns yn hen ffasiwn. Beth all y ddwy ei wneud?

Mae'r union beth i helpu Alana yn Ffasiwn Steil, siop wisgoedd Madam Sera!

Wrth iddi roi'r dillad dawnsio hud amdani, mae Alana'n mynd i America i berfformio mewn dawns stryd efo'i hoff fand bechgyn!

Ond a fydd hi'n medru gwneud i sioe'r ysgol droi'n fwrlwm o gyffro?

Llyfr 3: Gwisg Felen

Mae Alana'n paratoi ar gyfer cystadleuaeth mewn sioe ddawnsio ffurfiol.

Ond mae Mam angen iddi warchod Abi ac, ar ben hynny, mae Alana wedi colli'i phartner.

Yn Ffasiwn Steil, siop wisgoedd Madam Sera, mae'r union beth ar ei chyfer: gwisg hudol, ogoneddus! Wedi iddi ei rhoi amdani, caiff ei chwyrlïo'n ôl mewn amser i ystafelloedd dawnsio Fienna yn y bedwaredd ganrif ar bymtheg. Yno, mae tywysog angen help Alana.

Ond a ddaw hi'n ôl yn medru waltsio'n wych?

114

Llyfr 4: Bollywood Amdani!

Mae Alana eisiau helpu Meena, ei ffrind gorau, i fynd i glyweliad y sioe newydd Breuddwydion Bollywood. Ond dydyn nhw ddim yn siŵr eu bod yn gwneud y stepiau'n iawn.

Pwy all eu helpu? Wel, Madam Sera, wrth gwrs! Ar ôl i Alana roi'r wisg Indiaidd ddisglair o Ffasiwn Steil amdani, caiff ei chwyrlïo yr holl ffordd i set ffilmio Bollywood yn India!

Wrth ddawnsio gyda sêr hardd y sgrin, mae Alana'n dysgu'r camau gorau i gyd. Ond a fydd hi'n medru llwyddo i wneud Meena'n seren hefyd?å

Llyfr 6: Tango Tanbaid

Dyma'r sialens fwyaf erioed i Alana – meistroli'r tango anodd. Mae hi a'i ffrindiau yn Stiwdio Stepio yn cael trafferth gyda'r symudiadau cymhleth. Yn sydyn, mae eu sioe mewn peryg.

Mae Madam Sera yn gwybod yn union beth i'w wneud. Ar ôl i Alana roi gwisg ddawns drawiadol amdani, caiff ei chwyrlïo i strydoedd cefn Buenos Aires yn yr Ariannin. Yno, mae'n dysgu dawnsio'r tango.

A fydd hi'n cofio popeth mae hi wedi'i ddysgu pan aiff hi adref?

A fydd hi'n medru helpu'i ffrindiau i ddawnsio'r tango tanbaid?

116